name:

phone:

e-mail:

벨리곰 BELLYGOM

큰 덩치와 눈에 띄는 핑크색으로
어딜 가나 눈에 띈다.

귀여운 생김새와 너무 잘 먹어서 유령의 집에서 쫓겨나지만,
유령의 집 밖에서 사람들이 자신을 보고 좋아하고,
행복해하는 모습을 보며 일상 속에 깜짝 등장하여
사람들에게 웃음을 주는 유튜버가 되었다.

큰 몸 때문에 문에 끼고, 넘어지기도 하고,
우당탕탕 일상이지만 누구보다 행복하다.
사람들을 행복하게 만드는 게 가장 큰 기쁨이다.

"벨리곰의 첫 다이어리 에세이 《돈 워리, 비 벨리》와 함께
하루 속 숨은 행복들을 찾아봐요!
어느새 일상이 햅-삐한 일로 가득해질 거예요!"

귀여운 관종 벨리곰의 햅뻐한 일상 해시태그

돈 워리
비 벨리

벨리곰 지음

마시멜로

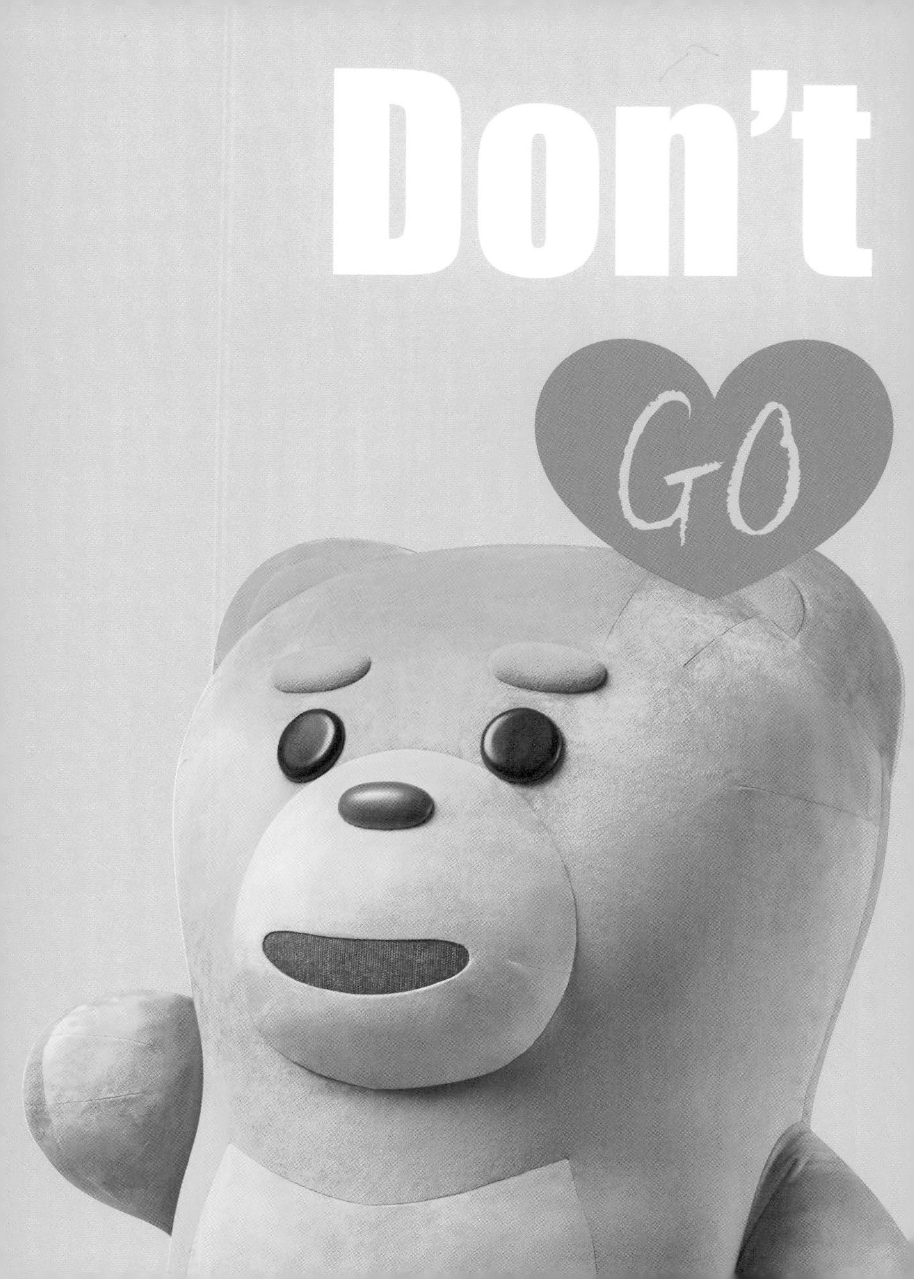
Don't
GO

Be

Belly

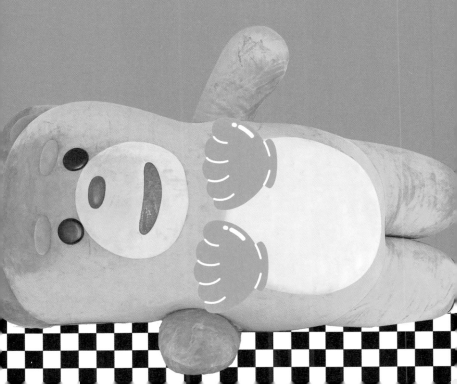

Hello!

안녕!
나는 벨리곰!

큰 몸 때문에 문에 끼는 게 일상이지만
누구보다 행복해요.

내 기쁨은 사람들을 행복하게 만드는 거예요!
하루 속에 숨은 행복들을 같이 찾으러 가볼까요?

나만 따라오세요!

풍선 껌에서 태어난 핑크곰

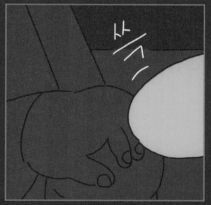

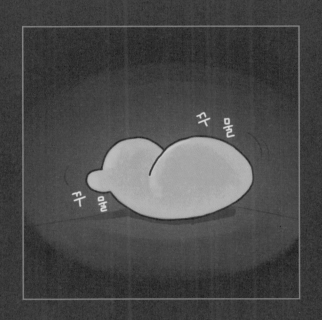

유령의 집에서 쫓겨나다

#3 사람들이 나를 좋아해!

벨리곰의 365일 간의
행복 찾기 여정이 시작된다

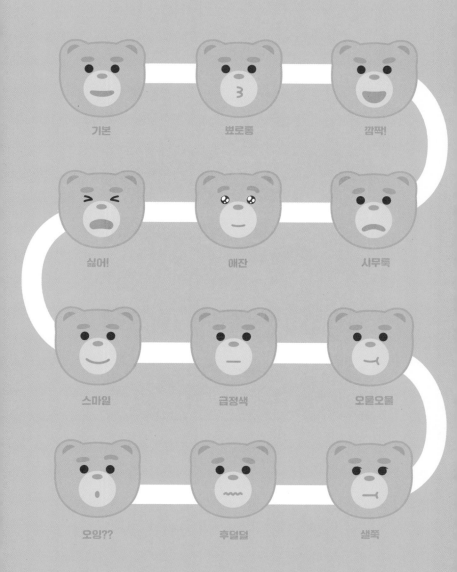

기본

뽀로롱

깜짝!

싫어!

애잔

시무룩

스마일

급정색

오물오물

오잉??

후덜덜

샐쭉

귀여운 관종 삘리곰의 햅삐한 일상 해시태그 12

#1 시작 꿈은 없지만 그냥 신나는 I'M 삘리곰

#2 사랑 귀여운 관종의 햅삐한 하루

#3 설렘 귀여운 내가 너를 좋아해도 돼?

#4 행복 '숨은 행복 찾기' 놀이 같이 할래요?

#5 웃음 결국엔 모두가 날 좋아하게 될 걸

#6 열정 일단 가보자고!

#7 위로 내가 너무 귀여운 탓인가!

#8 힐링 깜짝 놀란 마음에는 포옹 치료를

#9 여유 난나나 룰루랄라 삘릴리 룰룰루

#10 선물 띵동, 배달 왔어요!

#11 자존감 패딩이 아니고 뱃살입니다만

#12 칭찬 삘리곰 꽃이 피었습니다!

YEARLY

1	2	3	4	5	6
01	01	01	01	01	01
02	02	02	02	02	02
03	03	03	03	03	03
04	04	04	04	04	04
05	05	05	05	05	05
06	06	06	06	06	06
07	07	07	07	07	07
08	08	08	08	08	08
09	09	09	09	09	09
10	10	10	10	10	10
11	11	11	11	11	11
12	12	12	12	12	12
13	13	13	13	13	13
14	14	14	14	14	14
15	15	15	15	15	15
16	16	16	16	16	16
17	17	17	17	17	17
18	18	18	18	18	18
19	19	19	19	19	19
20	20	20	20	20	20
21	21	21	21	21	21
22	22	22	22	22	22
23	23	23	23	23	23
24	24	24	24	24	24
25	25	25	25	25	25
26	26	26	26	26	26
27	27	27	27	27	27
28	28	28	28	28	28
29		29	29	29	29
30		30	30	30	30
31		31		31	

7	8	9	10	11	12
	01	01	01	01	01
	02	02	02	02	02
	03	03	03	03	03
	04	04	04	04	04
	05	05	05	05	05
	06	06	06	06	06
	07	07	07	07	07
	08	08	08	08	08
	09	09	09	09	09
	10	10	10	10	10
	11	11	11	11	11
	12	12	12	12	12
	13	13	13	13	13
	14	14	14	14	14
	15	15	15	15	15
	16	16	16	16	16
	17	17	17	17	17
	18	18	18	18	18
	19	19	19	19	19
	20	20	20	20	20
	21	21	21	21	21
	22	22	22	22	22
	23	23	23	23	23
	24	24	24	24	24
	25	25	25	25	25
	26	26	26	26	26
	27	27	27	27	27
	28	28	28	28	28
	29	29	29	29	29
	30	30	30	30	30
	31		31		31

#1
시작

꿈은 없지만 그냥 신나는
I'M 벨리곰

무언가를 새로 시작한다는 건
어떤 일이 벌어질지 알 수 없는 블랙홀에 빠지는 기분이에요.

그래도 모르죠!
지금까지 몰랐던 멋진 세상을 만날 수도 있잖아요?

공부도, 일도, 노는 것도
어떻게 해야 할지 모르겠고,
용기도 없다면!

걱정말고 일단 치킨을 먹어요.

MONTHLY	SUNDAY	MONDAY	TUESDAY

새로운 시작을 위한 나만의 의식이 있다면?

언젠가는 꼭 도전해보고 싶은 세 가지를 꼽자면?

최근 경험한 가장 작은 행운은?

오늘의 기분을 색깔로 표현한다면?

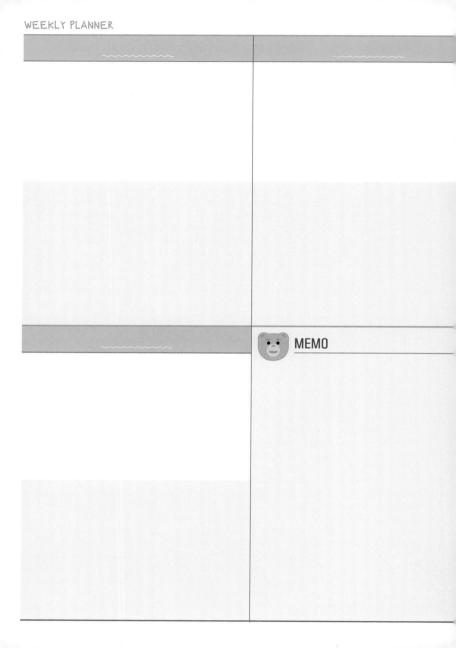

MEMO

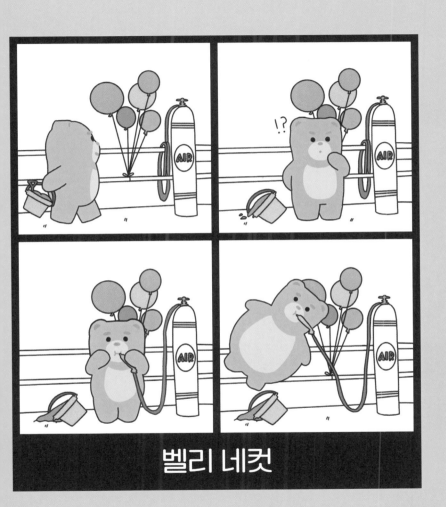

벨리 네컷

BELLY Tube

😊 벨리곰 TV   구독

[깜짝 카메라] 놀래키는 걸 사랑하는 편

좋아하는 일을 할 때, 가장 행복해요!

BELLY Tube

1갸아아앙ㅋㅋㅋ

LIVE

🐻 벨리곰 TV   구독

[깜짝 카메라] 놀래키는 걸 사랑하는 편

내가 좋아하는 일은 사람들에게 웃음을 주는 일이에요!

#2
사랑

귀여운 관종의 햅삐한 하루

오늘 정리한 깔끔한 눈썹 o————————

강낭콩처럼 오똑한 코 o————————

볼터치 한 듯 발그레한 피부 o————————

1:1
황금 비율
몸매

왜요?
귀여운 거 처음 보세요?

SUNDAY	MONDAY	TUESDAY

스스로 가장 좋아하는 자신의 모습은?

함께 있으면 기분이 좋아지는 사람이 있나요?

가장 좋아하는 별명이나 애칭은?

볼 때마다 설레는 최애 로맨스 영화는?

MEMO

Bellygom_Behind

Bellygom_Behind
#있잖아 #나 좀 귀엽지 #다 알아

BELLY Tube

널 위해 준비 해써!!!

LIVE

벨리곰 TV

구독

[서프라이즈] 내가… 진짜 좋아한다고

좋아하는 사람에게 마음껏 표현해 주세요.

BELLY Tube

😊 벨리곰 TV　　　　　　　　　　　　　　　구독

[서프라이즈] 내가… 진짜 좋아한다고

누군가를 좋아하는 마음은 꺼낼수록 빛나요!

새로운 장소에서 새로운 사람을 만나는 건
언제나 즐거운 일이에요!

오늘은 어떤 멋진 추억들이 생길까요?

앗, 어색해서 무슨 말을 꺼내야 할지 모르겠다고요?
그럼 이렇게 이야기해 보는 건 어때요?

저… 벨리곰 닮으셨네요.^^

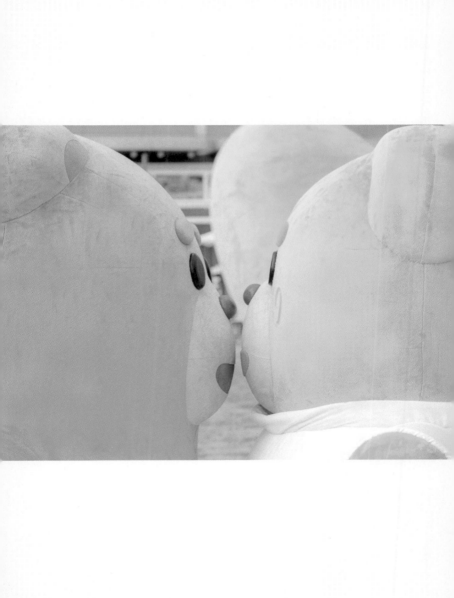

SUNDAY

MONDAY

TUESDAY

WEEKLY PLANNER

지금 기분을 날씨로 표현한다면?

1만 원 이하의 선물을 스스로에게 준다면?

타임머신이 개발된다면 언제로 가고 싶어요?

최근 너를 가장 행복하게 만드는 사람은?

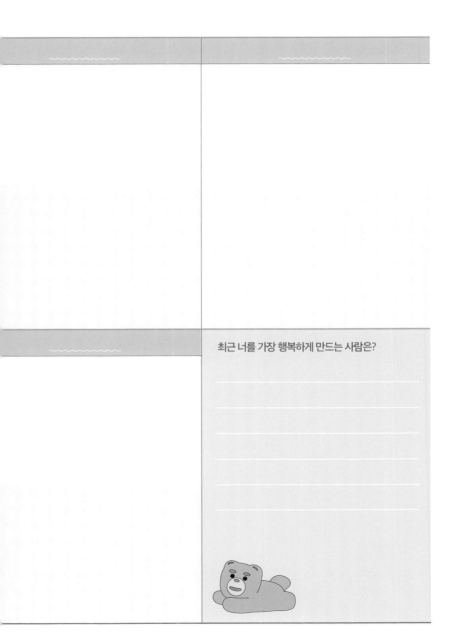

MEMO

 Bellygom_Behind ···

Bellygom_Behind
#mbti #CUTE #저기 #나 좀 봐요!

BELLY Tube

LIVE

· · ·

벨리곰 TV · 구독

[벨리곰 브이로그] 나랑 같이 걸을래?

하나, 두울, 세엣...

BELLY Tube

LIVE

벨리곰 TV　　　　　　　　　　　　　　　　　　구독

[벨리곰 브이로그] 나랑 같이 걸을래?

가끔 흔들려도 스스로 균형을 잡으면 돼요!

#4
행복

'숨은 행복 찾기' 놀이
같이 할래요?

오늘 하루 동안 즐거운 일이 하나도 없었다고요?

짠!
행운의 벨리곰을 만났으니
이제 곧 좋은 일이 생길 거예요!

'숨은 행복 찾기' 놀이 같이 하지 않을래요?

매일 걷는 똑같은 길 말고
한 번도 가보지 않았던 길로 가보세요.
낯선 풍경, 새로운 인연 속에서
생각지 못한 행복을 발견할 수도 있잖아요?
직접 가보지 않으면 알 수 없죠!

MONTHLY	SUNDAY	MONDAY	TUESDAY

WEEKLY PLANNER

주말에 뭘 하는 걸 가장 좋아해요?

하루 중 가장 좋아하는 시간은?

스트레스 폭발 직전, 뭘 하면 좋을까요?

절대!!! 버릴 수 없는 애착 물건이 있다면?

MEMO

벨리 네컷

BELLY Tube

난 기쁠 때 ㅂㅂr운쓰를 해~

🐻 벨리곰 TV

[돈 워리, 비 벨리] 기쁠 땐 바운스

기쁘면 그냥 웃어요! 그러면 더 기분이 좋아져요!

BELLY Tube

LIVE

🐻 벨리곰 TV · · · 구독

[돈 워리, 비 벨리] 기쁠 땐 바운스

바운스 바운스~

결국엔 모두가
날 좋아하게 될 걸

나를 보는 사람들은
처음에는 놀라지만 결국 모두 날 좋아해요!

왜냐면...
난 항상 웃고 있거든요!

뚜뚜두 뚜뚜두 뚜뚜뚜 뚜뚜 눈누난나
뚜뚜뚜 뚠뚠한 크고 귀여운 벨리곰
좋으면 양팔을 흔들어 가끔 문에 끼기도 하지
고민 스트레스 날아가게 해주는 벨리곰한테 놀라봐
오오오 벨리 벨리 오 벨리 벨리곰 (wow!)
오오 귀여운 벨리 널 깜짝 놀래켜 (웹!)
난나나 룰루랄라 벨릴리 룰룰루 (stop!)

| MONTHLY | SUNDAY | MONDAY | TUESDAY |

지금 바로 하늘을 봐요! 뭐가 보이나요?

인생의 롤모델이 있나요?

초능력 한 가지를 가질 수 있다면, 뭘 해보고 싶어요?

정말 하고 싶었지만 하지 못했던 일이 있다면?

MEMO

Bellygom_Behind ···

Bellygom_Behind
#가장 행복했던 #영광의 날

BELLY Tube

LIVE

🐻 벨리곰 TV

구독

[프리허그] 안아줄게, 이리 와 봐

오늘 하루도 고생 많았어요!

BELLY Tube

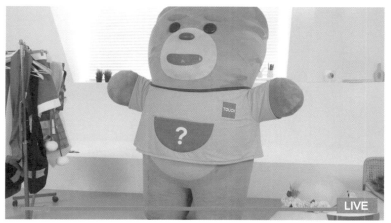

LIVE

 벨리곰 TV　　　　　　　　　　　　　　　　　　　구독

[프리허그] 안아줄게, 이리 와 봐

일루 왕! 내가 꼭 안아줄게요!

#6
열정

일단 가보자고!

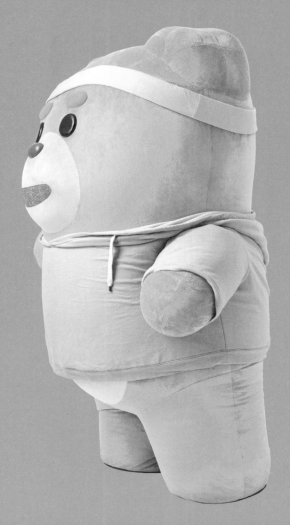

가끔은 어릴 때처럼 신나게 뛰어놀아봐요!
모든 걱정을 내려놓고 신나게 웃다 보면
어느새 걱정은 조그맣게 변해 있을 거예요.

BELLY CAFE

어서오세요!
벨리카페입니다.
손님에게는 '열정 뿜뿜 용기! 솔솔 벨푸치노'를
추천해 드리고 싶군요?

손님 : 왜요?
벨리 : 그냥요.

MONTHLY	SUNDAY	MONDAY	TUESDAY

WEDNESDAY	THURSDAY	FRIDAY	SATURDAY

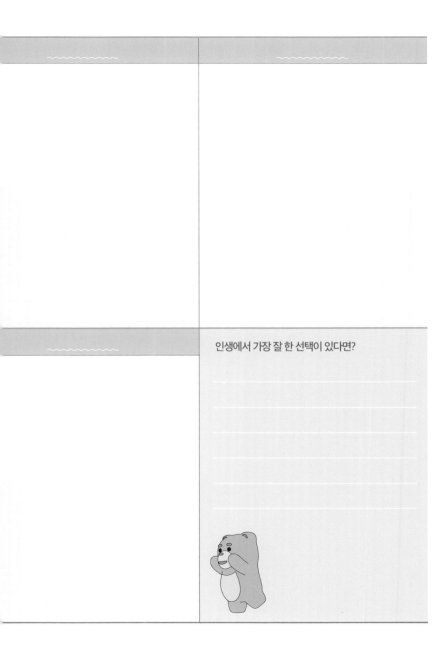

인생에서 가장 잘 한 선택이 있다면?

지금 가장 보고 싶은 사람은?

WEEKLY PLANNER

요즘 가장 자주 듣는 노래는?

WEEKLY PLANNER

지금까지 한 번도 시도하지 않은 일 중
도전해 보고 싶은 일이 있다면?

MEMO

Bellygom_Behind ...

Bellygom_Behind
#또 껴버렸잖아? #꽉 끼는 편안함

BELLY Tube

피자아..

LIVE

😊 벨리곰 TV　　　　　　　　　　　　　　　　　　구독

[벨리GYM] 먹으려고 운동하는 편

운동하다 힘들 땐 먹고 싶은 걸 생각해 봐요!

BELLY Tube

더, 이상은
무리야..

LIVE

😊 벨리곰 TV   구독

[벨리GYM] 먹으려고 운동하는 편

그래도 힘들면... 쉬어요!

#7
위로

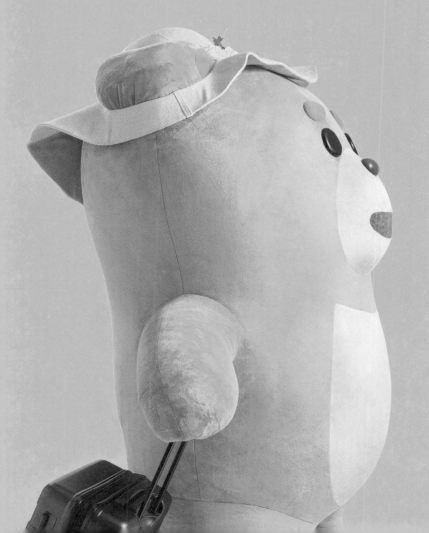

내가 너무 귀여운 탓인가!

너!
내 친구가 돼라!

벨리곰이
너의 편이 되어줄게!

누군가 자꾸 쳐다보고 쑥덕거려서 신경 쓰인다고요?

누가 뭐라든 알게 뭐람,
나는 여전히 귀여운 걸요!

나쁜 이야기는 '흥' 하고 훌훌 털어버려요.

SUNDAY	MONDAY	TUESDAY

WEDNESDAY	THURSDAY	FRIDAY	SATURDAY

평생 기억하고 싶은 인생의 순간이 있나요?

영화/드라마/만화 캐릭터 중 실제로 만날 수 있다면?

네가 제일 잘하는 한 가지를 뽑자면?

인생의 BGM이 있다면 어떤 노래일까요?

MEMO

벨리 네컷

BELLY Tube

LIVE

🐻 벨리곰 TV

구독

[벨리곰의 지구 탐방기] 날개 없는 천사야 뭐야

고마운 사람을 절대 잊지 말아요.
혼자서 다 이겨낼 수는 없어요.

BELLY Tube

LIVE

🐻 벨리곰 TV　　　　　　　　　　　구독

[벨리곰의 지구 탐방기] 날개 없는 천사야 뭐야

도움을 받는 것도 방법!
함께하면 힘이 나요.

깜짝 놀란 마음에는 포옹 치료를

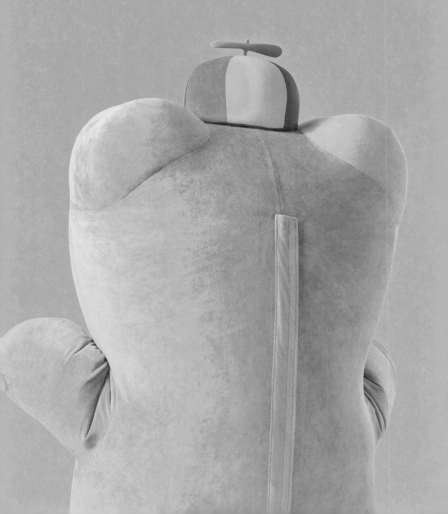

일도 인간관계도 자기계발도 중요하지만
가장 중요한 건 바로 나 자신이라는 걸 잊지 말아요!

인생의
0순위는
바로
나!

매일 거울을 보며 주문을 외워봐요.

"나 오늘 꽤 귀엽네?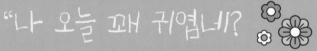

MONTHLY	SUNDAY	MONDAY	TUESDAY

WEDNESDAY	THURSDAY	FRIDAY	SATURDAY

스스로에게 셀프 칭찬을 해준다면?

WEEKLY PLANNER

여행지에서 만난 사람 중
특히 기억에 남는 사람이 있나요?

배가 아플 정도로 많이 웃었던 순간은 언제예요?

WEEKLY PLANNER

요즘 가장 큰 고민은 뭔가요?

WEEKLY PLANNER

MEMO

Bellygom_Behind

Bellygom_Behind
#팔이 안 닿으면 #귀로 잡으면 돼 #인생은 벨리곰처럼

BELLY Tube

😊 벨리곰 TV   구독

[세계로 벨리] 친구가 생겨버렸다

생각보다 나를 생각해 주고, 함께해 주는 사람이 많아요.

BELLY Tube

LIVE

벨리곰 TV   구독

[세계로 벨리] 친구가 생겨버렸다

나는 혼자가 아니야!

난나나 룰루랄라
벨릴리 룰룰루

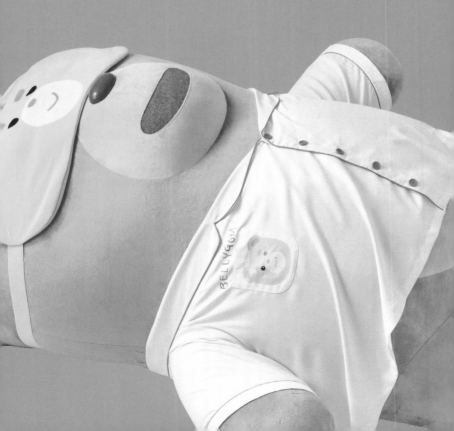

아무것도 하기 싫은 날엔
아무것도 하지 말아 봐요!

그럼 갑자기 힘이 생길 거예요!

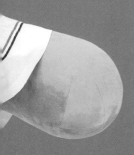

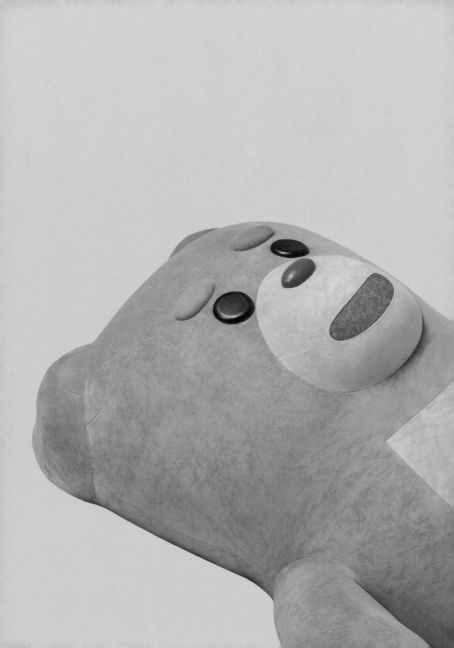

오늘의 할 일 목록

☑ 귀여운 셀카 찍기
☑ 여섯 끼 먹기
☑ 낮잠 꼭 챙겨 자기
☑ 눈 깜빡거리기

SUNDAY	MONDAY	TUESDAY

최근 소비 중 가장 마음에 드는 건 뭐예요?

네가 생각하는 행복이란?

WEEKLY PLANNER

지금 당장 생각나는 음식은?

WEEKLY PLANNER

봄, 여름, 가을, 겨울 중 가장 좋아하는 계절은?

WEEKLY PLANNER

MEMO

 Bellygom_Behind · · ·

Bellygom_Behind
#힘들면 #쉬어가는 거지 #넘어진 김에 #하늘이나 보자

BELLY Tube

누워 볼까나~

LIVE

벨리곰 TV 구독

[깨워주세요] 열심히 일하고, 열심히 눕자

긴장을 풀고 즐기면,

BELLY Tube

🐻 벨리곰 TV 　　　　　　　　　　　구독

[깨워주세요] 열심히 일하고, 열심히 눕자

다시 무언가를 할 수 있는 힘을 얻을 수 있어요!

#10
선물

띵동, 배달 왔어요!

혹시 벨리곰 시키셨어요?

어느 날 갑자기
너의 일상에 깜짝 선물처럼 등장할 예정!

벨리택배

받는분:
○○○

보내는분:
벨리곰

※ 취급주의
마음이 섬세한
곰이 타고 있어요.

때때로 세상에 혼자인 것 같겠지만,
우리 곁에는 언제나 나를 소중히 여겨주는 가족과 친구가 있어요!
보고 싶은 사람에게 지금 먼저 연락해 보는 건 어때요?
반가운 인사가 돌아올 거예요!

WEDNESDAY	THURSDAY	FRIDAY	SATURDAY

WEEKLY PLANNER

오늘 만난 가장 귀여운 존재는?

지금 당장 여행을 떠날 수 있다면
가장 가고 싶은 곳은?

괜스레 기분이 싱숭생숭한 날,
너에게 가장 필요한 것은?

오늘 스스로에게 해주고 싶은 말은?

WEEKLY PLANNER

MEMO

벨리 네컷

BELLY Tube

짠! 착지 100점! 완벽했어

LIVE

🐻 벨리곰 TV   구독

[벨리곰 랜선여행] 자기만족이 중요해

완벽하지 않아도 괜찮아요.

BELLY Tube

인생은 자기만족입니다 여러분

LIVE

벨리곰 TV　　　　　　　　　　구독

[벨리곰 랜선여행] 자기만족이 중요해

우리는 모두 유일무이한, 소중한 존재니까요.

#11
자존감

내가 가끔씩... 문에 끼는 건
살이 쪄서가 아니야...

문이 너무 작은 거지!

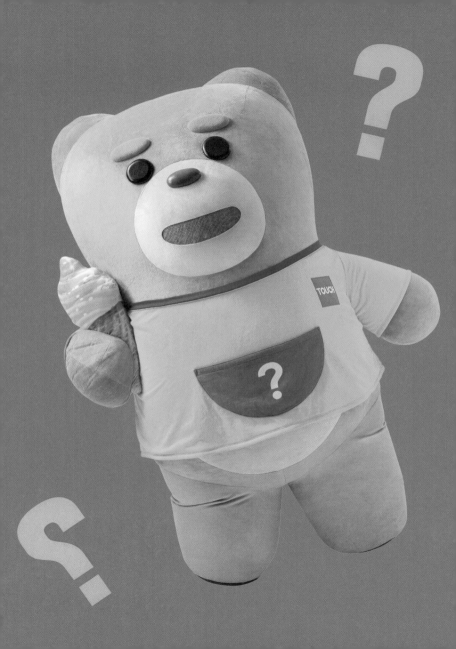

?

나는 내가
먹고 싶고,
입고 싶고,
하고 싶은

모든 걸 다 할 수 있지!

!

SUNDAY	MONDAY	TUESDAY

WEDNESDAY	THURSDAY	FRIDAY	SATURDAY

WEEKLY PLANNER

가장 기억에 남는 영화 대사/책의 문구는?

가장 좋아하는 색깔과 가장 어울리는 색깔은?

지금까지 받았던 선물 중 가장 소중히 여기는 것은?

'노래방에 가면 이 노래는 꼭 부른다!' 하는
애창곡이 있다면?

MEMO

Bellygom_Behind ···

Bellygom_Behind
#살 안 찌는 거 #뭐 없나 #돈까스는 살 안 쪄!

BELLY Tube

(굽창피)

LIVE

🐻 벨리곰 TV   구독

[벨리극장] 당당한 김에, 자존감 높여봤어요

조금 당당하면,

BELLY Tube

🐻 벨리곰 TV   구독

[벨리극장] 당당한 김에, 자존감 높여봤어요

많이 멋있어져요!

벨리곰 꽃이 피었습니다!

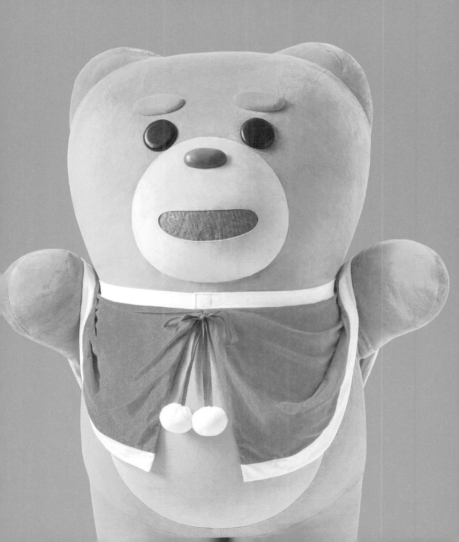

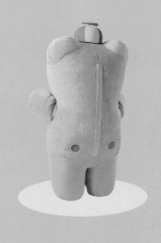

벨리곰 꽃이...
피었습니다!

바쁜 일상을 멈추고 잠시 돌아봐요.
인생은 빨리 도착해야 이기는 게임이 아니라
즐거운 놀이인걸요.

지금까지도 충분히 잘했어요!

이번 술래는 바로 네!

인생에 숨은 깜짝 선물 같은 행복을 찾아
멋진 여행을 시작해 봐요!

WEDNESDAY	THURSDAY	FRIDAY	SATURDAY

WEEKLY PLANNER

요즘 네 가슴을 콩닥콩닥 뛰게 하는 것은?

'첫눈'하면 뭐가 떠올라요?

충동적으로 벌인 일 중 가장 만족스러웠던 일은?

오늘 기분은 어때요?
'행복'으로 마무리되길 바라요!

MEMO

Bellygom_Behind
#오늘 하루는 #걱정 없이 #햅삐한 시간 보내요

BELLY Tube

LIVE

🐻 벨리곰 TV

구독

[심야벨리] 응원 잘해주는 귀여운 애

오늘도 내일도 좋은 일만 가득할 거예요!

BELLY Tube

내일도
좋은하루 보내세용~

LIVE

🐻 벨리곰 TV   구독

[심야벨리] 응원 잘해주는 귀여운 애

벨리곰이 늘 응원하고 있으니까요!

귀여운 관종 벨리곰의 햅삐한 일상 해시태그
돈 워리, 비 벨리

제1판 1쇄 인쇄 | 2022년 12월 7일
제1판 1쇄 발행 | 2022년 12월 14일

지은이 | 벨리곰
펴낸이 | 오형규
펴낸곳 | 한국경제신문 한경BP
책임편집 | 윤혜림
저작권 | 백상아
홍보 | 이여진 · 박도현 · 하승예
마케팅 | 김규형 · 정우연
디자인 | 지소영
본문 디자인 | 디자인 현

주소 | 서울특별시 중구 청파로 463
기획출판팀 | 02-3604-590, 584
영업마케팅팀 | 02-3604-595, 562   FAX | 02-3604-599
H | http://bp.hankyung.com   E | bp@hankyung.com
F | www.facebook.com/hankyungbp
등록 | 제 2-315(1967. 5. 15)

ISBN 978-89-475-4864-9   02810

마시멜로는 한국경제신문 출판사의 문학 브랜드입니다.
책값은 뒤표지에 있습니다.
잘못 만들어진 책은 구입처에서 바꿔드립니다.